Ursule Mirouët

FichesdeLecture.com

Ursule Mirouët
(Fiche de lecture)

I. RÉSUMÉ

Ursule Mirouët, orpheline, est recueillie et élevée par le docteur Minoret son tuteur qui se retire à Nemours, après avoir exercé à Paris. Attentif, très soucieux du bonheur de sa pupille, le bon docteur lui fait donner une éducation de grande qualité. Ursule est entourée de l'affection d'un prêtre, du vieux docteur et d'une servante dévouée. À sa mort, le docteur Minoret fait d'Ursule sa légataire universelle. Mais la fortune du vieillard est depuis longtemps convoitée par une parentèle peu favorable à sa pupille. Après la mort du docteur Minoret, alors qu'Ursule est à peine âgée de vingt ans, ces parents-là s'acharnent à dépouiller la jeune fille. Les héritiers potentiels que le docteur comptait dans la ville sont nombreux et plus ou moins en concurrence. Mais comme ils craignent d'être déshérités au profit d'Ursule, à laquelle ils prêtent une rapacité comparable à la leur, ils se liguent contre elle. Ils l'accusent même de sombres intrigues puisqu'elle a réussi à emmener à la messe, et peut-être à éveiller une certaine dévotion chez le vieux docteur jusque-là agnostique. Ils s'inquiètent au fur et à mesure que les rapports du vieillard avec le prêtre deviennent excellents.

La cupidité d'un des héritiers, Minoret-Levrault, va le pousser à voler des titres de rente destinés à assurer l'avenir de la jeune fille. Réduite à la pauvreté et en butte aux persécutions et manigances inspirées par le coupable, Ursule dépérit, son état de santé fait craindre sa mort prochaine, fort attendue par les plus cupides. On la harcèle de lettres anonymes, de calomnies, de chantage. Mais l'innocence finira par triompher. Soutenue par l'amour de Savinien de Portenduère, et par les amis du docteur, aidée, aussi, par de mystérieuses révélations reçues en songe, Ursule finira par rentrer dans ses droits et par trouver le bonheur qu'elle mérite.

II. HISTOIRE DU TEXTE

Le manuscrit a été conservé (collection privée). On ne possède pas d'épreuves.

Le roman paraît dans *Le Messager*, du 25 août au 23 septembre 1841 : *Ursule Mirouët. Scène de la vie privée*. Le récit y est divisé en deux parties et vingt et un chapitres (respectivement 1 à 11 et 12 à 21). Relativement au manuscrit, les corrections, les suppressions et surtout les additions sont nombreuses et importantes.

L'édition originale paraît en mai 1842 : *Ursule Mirouët*, Souverain, 2 volumes in-8. Le texte est précédé d'une dédicace, datée d'août 1841, à Sophie Surville, nièce de l'écrivain. La division en parties et chapitres de la préoriginale est maintenue (on notera que le chap. 11 est réparti entre le premier volume et le second). Les modifications apportées au texte sont nombreuses, et notamment les additions ; on relève en particulier, au chap. 8, plusieurs corrections de nature juridique.

En janvier 1843, *Ursule Mirouët* paraît dans le cinquième volume de *La Comédie humaine* (Furne), qui constitue de Tome I des *Scènes de la vie de province*. Le roman ouvre le volume. La division en deux parties subsiste. La dédicace est maintenue. Le nombre des corrections apportées au texte de l'originale est très réduit.

Les modifications introduites dans le Furne corrigé sont peu abondantes.

III. PERSONNAGES

Honoré Bongrand

Juge de paix, ami du Dr Minoret. Ce personnage ne reparaît que dans une ébauche.

Docteur Bouvard

Ami de jeunesse du Dr Minoret, adepte du magnétisme. Personnage reparaissant dans *Splendeurs et misères des courtisanes*.

Denis Minoret

Médecin retiré à Nemours ; veuf. Ce personnage ne reparaît allusivement que dans une ébauche.

François Minoret-Levrault

Neveu du précédent. S'est d'abord appelé MASSIN. Personnage reparaissant allusivement.

Zélie Minoret-Levrault

Née Levrault-Crémière : épouse de François MINORET-LEVRAULT.

Ursule Mirouët

Orpheline, fille de Joseph Mirouët, fils naturel de Valentin Mirouët ; ce dernier était le beau-père du Dr Minoret, qui fera d'Ursule sa pupille. Elle épousera Savinien de Portenduère. Personnage reparaissant, principalement dans *Béatrix*.

Antoinette Patris, dite la Bougival

Gouvernante du Dr Minoret, nourrice et servante d'Ursule.

Dionis Cremiere

Notaire devenu député et invité au bal des Tuileries, il est le grand vainqueur de l'affaire.

Goupil

Instrument de vengeance de François Minoret-Levrault. Génie du mal. Il est clerc de notaire, il est considéré comme l'homme le plus intelligent et le plus spirituel de Nemours, mais aussi le plus laid et le plus méchant.

Désiré Minoret-Levrault

Fils de François et Zélie. Il devient magistrat à Paris, mais meurt dans d'étranges circonstances

Vicomte Savinien de Portenduere

Fils de la Vicomtesse de Portenduere née de Kergarouët ; épousera Ursule. Personnage reparaissant, principalement dans *Béatrix*.

On observera que beaucoup des personnages importants de ce roman n'ont pas d'autre emploi dans *La Comédie humaine* – Ursule et Savinien constituant une exception notable. En revanche, nombreuses sont les mentions marginales de personnages reparaissants bien connus : Hélène d'Aiglemont, Émile Blondet, Arabelle Dudley, Gobseck, Henri de Marsay, Eugène de Rastignac, Lucien de Rubempré, Schmucke, Maxime de Trailles...

IV. HÉRITAGE ET ÉSOTÉRISME

En France, dans les années 1830, s'installe un goût pour la littérature fantastique sous l'influence d'écrivains comme Hoffman ou Poe. Balzac s'adonne lui aussi au fantastique et à l'ésotérisme mystique dans des romans comme Ursule Mirouët notamment, où une jeune fille vertueuse va être la victime d'un sombre complot orchestré par des héritiers cupides afin de déshériter l'intruse. En effet, si le roman se centre sur l'héritage, la part d'ésotérisme n'est pas négligée pour autant dans cette petite ville de Nemours, profondément marquée par la Monarchie de Juillet.

L'héritage

L'héritage est l'un des thèmes fondamentaux du roman d'Ursule Mirouet. En effet, c'est à cause de l'héritage du Docteur Minoret qu'Ursule devient la cible des héritiers naturels du docteur qui voient en elle une entrave entre eux et sa fortune. Commence alors le complot à la tête duquel se trouve Minoret-Levrault, le maître de Poste qui a fait fortune pendant la Révolution et est parvenu après 1830, grâce à l'essor des routes, qu'a favorisé la Monarchie de Juillet avant la construction des chemins de fer. Alors qu'il n'est pas réellement la tête pensante de l'affaire, il en est l'instigateur et il ne va faire qu'attiser la haine des autres héritiers envers Ursule. Si cette dernière n'est qu'une victime morale des autres héritiers, elle va être directement spoliée par Minoret-Levrault. Pour cela, il délègue la destruction d'Ursule à son soufifre Goupil. Le moteur de ce complot est l'argent, seule religion des héritiers Minoret. Mais, le manipulateur finit par être manipulé lui-même, et le complot se retourne contre lui. C'est ainsi que Goupil, plus rusé que Minoret, comme le laisse entendre son nom parvient à s'établir dans le monde en temps que notaire alors que Minoret, rongé par les remords, perd sa fortune au profit d'Ursule ainsi que sa famille.

Le complot s'organise afin d'écarter Ursule de l'héritage grâce à différentes formes de manipulation : Tout d'abord, Désiré Minoret, fils prodigue de la famille, bientôt avocat, envisage de séduire Ursule et de l'épouser pour gagner sa fortune (p124), puis vient la destruction du testament, brûlé par Minoret (p221), après cela arrive la première lettre de menace anonyme, on apprendra plus tard qu'elles étaient envoyées par Goupil qui désirait lui aussi épouser Ursule. Dans la seconde, un faux mariage entre Savinien et la riche Melle de Rouvre est annoncé, un mariage plus en adéquation avec les idées de la noblesse du XVIIIe siècle, qui ruinée par la révolution de 1789 cherche à garder la notoriété de leur nom. C'est ainsi que Savinien espère parvenir à Paris grâce à son nom tandis que Rastignac et Rubempré, jeunes lions comme lui, eux tentent de se faire un nom. Ce faux mariage annonce le déclin d'Ursule encore amplifiée par des sérénades (p257) la couvrant de calomnies et toujours signées de celui qui dit l'aimer. Mais malgré toutes ces épreuves, le complot échoue et à la différence de beaucoup des œuvres de Balzac comme Eugenie Grandet, on n'assiste pas a la chute de l'héroïne, mais au contraire c'est un dénouement heureux qui nous est présenté, à la manière du classique « ils se marièrent et eurent beaucoup d'enfants » comme si une force protectrice les avait guidés.

L'ésoterisme

L'occulte guide nos personnages à différentes étapes clés du roman. À travers le nom même d'Ursule, la religion apparait déjà, puisque c'est ici une référence à Sainte Ursule, connue en particulier pour sa vie vertueuse, on dit aussi qu'elle protège les bons mariages et les jeunes filles. À la suite d'un songe, elle accepte son destin. Ursule Mirouët, elle aussi fait des rêves annonciateurs, par trois fois elle voit son parrain (p277, p279, p292) qui la pousse à réclamer ses droits et lui annonce des bribes du futur. On retrouve là, l'idée des rêves prophétiques comme on peut en voir dans la Chanson de Roland, où Charlemagne rêve par trois fois de sa victoire prochaine contre les sarrasins, ou encore dans d'autres romans médiévaux comme le roman de Thèbes. Ces rêves seraient le moyen employé par Dieu pour communiquer avec ses élus. Ursule serait donc une élue, comme le démontre aussi son apparence physique. Elle est blonde aux yeux bleus, c'est aussi de cette manière que les chrétiens ont tendance à représenter le Christ. Elle est alors une image de pureté et de beauté idéale telle qu'on la représente depuis l'Antiquité, ce qui va pousser aussi au complot, c'est cette image de jeune fille parfaite, de plus Ursule à bénéficié d'une éducation hors normes pour une jeune fille non noble du XIXe, ayant eu pour précepteurs le militaire, M. de Jordy, le médecin, Denis Minoret, le curé, Chaperon et le juge de paix, M. Bongrand, c'est à dire toutes les fonctions principales de la société. Il est aussi important de souligner sa dévotion quasi fanatique envers la religion, convertissant ainsi tous ceux qui se trouvent à sa portée, à commencer par son parrain.

Paradoxalement, c'est après avoir assisté à une scène de paranormal que ce dernier se tourne vers la religion. Il assiste en effet, à une séance d'hypnose chez un magnétiseur à Paris (Le magnétiseur par appositions de ses mains, mais suivant le besoin il peut utiliser le souffle où à distance par la pensée, les yeux, transmet son propre influx nerveux à l'autre personne. Il utilise l'énergie transmise par son cerveau). Un seul défaut toutefois peut être imputé à Ursule, elle se laisse dominer par ses passions, la passion dévorante qui consume l'être de l'intérieur comme de l'extérieur. Chez Ursule, l'extérieur prime à travers les larmes, les convulsions, les tremblements et les sueurs froides. Chez elle, les blessures mentales s'expriment à travers le corps. Hantée par son parrain, elle apparait comme possédée. Si le fantôme de Minoret lui est apparu en rêve, il se matérialise (p313) finalement devant elle pour lui annoncer la mort de Désiré. C'est après que le père de ce dernier a brulé le testament du docteur que celui-ci revient du monde des trépassés. Le fantôme ne revenant que pour réparer les torts causés. De cette façon, Minoret est hanté par le remords comme Ursule par le fantôme de son parrain. (p286) Le curé décrit le sentiment de remords qui habite Minoret et que le revenant s'applique à révéler au monde.

Mais revenons à cette notion de « revenants » mise en parallèle avec la notion de « revenus » (p301), c'est autour de cette distinction que peut s'organiser tout le roman. C'est en effet, la question du revenu qui va mener à l'apparition du revenant. Si « revenu » peut évoquer un retour à la religion du parrain d'Ursule, qui lui aussi en tant que juste prend la figure d'un élu et donc la figure du Christ à son tour, qui est capable de revenir d'entre les morts. Il n'y a que les personnages de « lumière » qui peuvent se trouver à l'intermédiaire entre vie et trépas. Mais « revenu », évoque surtout l'argent, point de départ du complot. « Revenant » quant à lui, évoque le fantôme venu réparer les crimes causés à sa pupille. Ursule se retrouve tiraillée entre revenants et revenus en permanence. Le premier la poussant vers le bien puisqu'il la guide et le second vers le mal puisque c'est l'argent qui déchaîne la haine des héritiers.

À la fin du roman, l'ordre se rétablit, les « bons » sont récompensés et les « mauvais » sont punis, mais ce n'est pas réellement eux-mêmes qui subissent la punition, mais leurs enfants, comme une transmission du péché. Désiré meurt pour les fautes de Minoret-Levrault et les enfants de Goupil sont « horribles, rachitiques et hydrocéphales » pour punir leur père de ses actes. Ce qui nous ramène à la transmission du péché originel aux hommes, comme une tare qui touche inévitablement chaque être humain. Épargnée par cette malédiction, Ursule, pure jusqu'au dénoue-ment, peut alors connaitre le bonheur avec Savinien au bout de sept années d'épreuves, chiffre qui en numérologie représente l'accomplissement de soi. Comme si Dieu avait posé des épreuves sur son chemin pour tester sa foi et qu'elle en était sortie victorieuse.

Dans la même collection en numérique

- 11 -

Escadrille 80
Inconnu à cette adresse
La controverse de Valladolid
Les Vilains petits canards
Une partie de campagne
Cahier d'un retour au pays natal
Dora Bruder
L'Enfant et la rivière
Moderato Cantabile
Alice au pays des merveilles
Le faucon déniché
Une vie
Chronique des Indiens Guayaki
Je voudrais que quelqu'un m'attende quelque part
La nuit de Valognes
Œdipe
Disparition Programmée
Education européenne
L'auberge rouge
L'Illiade
Le voyage de Monsieur Perrichon
Lucrèce Borgia
Paul et Virginie
Ursule Mirouët
Discours sur les fondements de l'inégalité
L'adversaire
La petite Fadette
La prochaine fois
Le blé en herbe
Le Mystère de la Chambre Jaune
Les Hauts des Hurlevent
Les perses
Mondo et autres histoires
Vingt mille lieues sous les mers
99 francs
Arria Marcella
Chante Luna

Emile, ou de l'éducation

Histoires extraordinaires

L'homme invisible

La bibliothécaire

La cicatrice

La croix des pauvres

La fille du capitaine

Le Crime de l'Orient-Express

Le Faucon malté

Le hussard sur le toit

Le Livre dont vous êtes la victime

Les cinq écus de Bretagne

No pasarán, le jeu

Quand j'avais cinq ans je m'ai tué

Si tu veux être mon amie

Tristan et Iseult

Une bouteille dans la mer de Gaza

Cent ans de solitude

Contes à l'envers

Contes et nouvelles en vers

Dalva

Jean de Florette

L'homme qui voulait être heureux

L'île mystérieuse

La Dame aux camélias

La petite sirène

La planète des singes

La Religieuse

À propos de la collection

La série FichesdeLecture.com offre des contenus éducatifs aux étudiants et aux professeurs tels que : des résumés, des analyses littéraires, des questionnaires et des commentaires sur la littérature moderne et classique. Nos documents sont prévus comme des compléments à la lecture des oeuvres originales et aide les étudiants à comprendre la littérature.

Fondé en 2001, notre site FichesdeLectures.com s'est développé très rapidement et propose désormais plus de 2500 documents directement téléchargeables en ligne, devenant ainsi le premier site d'analyses littéraires en ligne de langue française.

FichesdeLecture est partenaire du Ministère de l'Education du Luxembourg depuis 2009.

Plus d'informations sur www.fichesdelecture.com

Notes :